قصص

أطفال

د. جُمان الريحاني

إهداء..

إهداء إلى الأطفال إلى كل طفل يحب القراءة وإلى كل
طفل عله يحاول أن يتعلم القراءة

ولا اقصد بالقراءة قراءة الحروف بل المطالعة،
المطالعة مع فهم المعاني وكلما تتطلبه

إهداء إلى كل من لديه روح الطفولة والبراءة

إهداء إلى كل أم وأب إلى كل والدين يحاولان أن
ينهضوا بعقول أطفالهم الصغيرة بالقراءة والمطالعة

إهداء إليك أنت من جذبك هذا الكتاب فحملته بين يديك

جمان الريحاني

أمونة

والشعر المنكوش

أمونة طفلة تدرس في المدرسة الابتدائية في السنة الرابعة ابتدائي، أمونة هي طفلة سمراء البشرة ، وتتميز بشعر أشعث ، شعرها دائما مموج وله حجم كبير فوق رأسها إذا قامت بإسداله، إذ أنه لا ينزل على كتفيها بل يصعد عاليا، لذا كانت والدة أمونة كل صباح تسرّح لها شعرها ثم تقوم بربطه إلى الخلف .

لكن أمونة كانت تشعر بالغيرة من زميلاتها في المدرسة، اللواتي دائما يقمن بإسدال شعورهن دون أن

يصعد شعرهن إلى الأعلى، غير مضطرات لربط شعورهن.

لقد كانت أمهاتهن تقوم بتسريح شعر بناتهن وتتركها مسدولة لأن شعرهن ناعم .

فكانت البنات تتميزن بشكل مرتب وشعر مسرّح، وهذا ما كانت تطلبه منهن المعلمة التي اعتادت أن تراقب نظافة كل تلاميذ القسم صباحا قبل الحصة.

أما أمونة فكان مظهرها، رغم أنها ترتدي ملابس نظيفة ليس بالمظهر المرتب تماما، وذلك لأن شعرها له حجم كبير وهو فوق رأسها، كأنه مظلة أو قبعة كبيرة من الصوف.

في أيام الشتاء كانت أمونة ترتدي القبعة الصوفية فينام شعرها تحتها فيصبح شكلها جميل، لكن المعلمة لا تسمح بارتداء القبعة داخل القسم، وعندما تنزعها لفترة وجيزة ينتّفخ شعر امونة من جديد.

وقد كانت التلميذة التي تجلس وراء أمونة تعاني من شعر امونة، فكانت تقول وتردد دائما:

إنها لا تستطيع رؤية السبورة بسبب شعر أمونة، وكانت تطلب من المعلمة أن تجلس أمونة في نهاية الصف لكي لا تحجب السبورة بشعرها.

كانت أمونة تعاني كثيرا من الإزعاج من طرف التلاميذ في المدرسة وتتعرض للكثير من التعليقات السيئة بسبب شعرها وخاصة من طرف التلميذات في الصف معها.

تستاء أمونة كثير من مضايقات البنات لها ، فهي لا تحب مختلف الألقاب التي يلقبونها بها والألفاظ التي تسمعها منهن، بسبب شعرها.

عندما تعود أمونة إلى البيت بعد انتهاء الدراسة كانت تجهش بالبكاء، وتخبر والدتها بما جرى معها في المدرسة.

كما أنها كانت تقول:

أنا لا أحب شعري يا أمي بل أكرهه كثيرا.

كل زميلاتي في المدرسة يسخرن مني بسبب شعري، وكل واحدة منهن تتميز بشعر أجمل من شعري بكثير.

أنا ليس لدي أصدقاء بسبب هذا الشعر.

إن الفتيات يخفن مني كلهن، وكلهن يجمعن على أن شكلي مخيف، وشعري مخيف.

الأم:

لا تقولي هذا الكلام يا أمونة..

فكل إنسان يتميز بصفات تختلف عن غيره من الناس.

أمونة:

لا .. لا ، الجميع لديهم شعر جميل، إلا أنا.. ما عداي أنا..

الأم:

أن الله سبحانه وتعالى قد خلق الناس مخلفين في الشكل ، وكل شكل يتمتع بجمال خاص.

وأنت جميلة جدا يا ابنتي.

أمونة: (وهي تبكي)

أنا لا أحب شعري.

وأنت أيضا يا أمي شعرك جميل وناعم.

لماذا أنا شعري أشعث مثل أبي؟

فهو رجل ويستطيع حلاقة شعره أما أنا فلا.

الأم:

لا تعط الأمر أكبر من حجمه يا أمونة.

فكل عماتك شعرهن مثل شعرك وهن لا يبكين .. كف عن البكاء.

في اليوم التالي ذهبت أمونة كعادتها إلى المدرسة، ولكن عندما التقت بزميلاتها وجدتهن ملتفات حول أية ومنار، وهما أجمل فتاتان في القسم، تتميز آية بشعر أشقر قصير وحريري وكأنه أشعة شمس دافئة ، أما منار فشعرها بني طويل وناعم.

كانت الفتيات مجتمعات ينظرن ويتفرجن على تسريحات شعر آية ومنار، فكل واحدة قانت بتزيين شعرها بأجمل الشرائط الحريرية الملونة فأصبحتا أكثر جمالا من ذي قبل.

عندما أقبلت عليهم أمونة لكي تتفرج هي الأخرى، ضايقت الجميع بشعرها ، فبالرغم من أن أمها تسرح لها شعرها كل يوم وتربطه، إلا أنها كانت تنزع ربطة الشعر قبل وصولها إلى المدرسة، فهي تحب إسدال شعرها كبقية البنات.

فقالت لها إحدى الفتيات:

لقد دخل شعرك في عيني،

وقالت الثانية:

أنا لا أرى يا امونة بسببك .

ثم انزعجت آية وكذلك منار ، فأمرتا الجميع بالابتعاد وان يتفرقوا، (وذلك بسبب وصول امونة)، فهما لا تحبانها لأنها يعتبر أنها أقل جمالا منهما.

تضايقت امونة من تصرف زميلاتها، ورغم ذلك أعجبت كثيرا بالشرائط الحريرية التي تضعها اية ومنار ، لذا قررت أن تتوجه إليهما بالثناء، فاقتربت منهما وقالت:

صباح الخير يا آية و منار ، لقد أعجبني شكلكما كثيرا اليوم، لقد زينتما شعركما بالشرائط الملونة وقد أعجبني هذا.

منار:

أعجبك؟

من أنت حتى تبدي إعجابك بشعري..

ألا ترين شعرك وشكلك؟.

آية:

أجل.. شكلك المخيف، ألا تسرح لك أمك شعرك
المخيف هذا؟

أمونة:

لماذا تكلمانني بهذه الطريقة الفجّة؟

أنا زميلتكما في المدرسة وفي نفس القسم، ويجب
عليكما أن تحترمانني، كما أعاملكما أنا باحترام.

منار:

كلف احترمك وأنت لا تحترمين المنظر العام لقسمنا،
فنحن نريد أن يكون قسمنا هو القسم المثالي من حيث
النظافة والجمال والترتيب.

آية:

نعم، وأنت تفسدين علينا هذا الأمر، أتمنى أن تنتقلي من قسمنا إلى قسم آخر يكون فيه فتيات بجمال متوسط كمستوى جمالك.

انزعجت أمونة كثيرا من كلام زميلاتها، ولم تستطع منع نفسها من البكاء، ولكن عندما دق الجرس مسحت دموعها ودخلت إلى القسم ، كباقي التلاميذ.

عندما عادت أمونة إلى البيت كانت غاضبة جدا،
ودخلت إلى غرفتها وأغلقت على نفسها الباب، حتى
أنها لم تنتبه لوجود جدتها لويزة التي قدمت اليوم إلى
بيتهم في زيارة تدوم ليومين، فهي تسكن في الريف
بعيدا عن المدينة.

الجدة لويزة هي والدة والد أمونة، بيتها في الريف وقد
تعودت عائلة امونة على الذهاب إلى هناك في العطل.

أما هذه المرة فإن الجدة هي التي قدمت إلى المدينة لأنها تعاني من بعض التعب فجاءت لزيارة الطبيب الذي في المدينة، وفي نفس الوقت سوف تبقى لمدة يومان في بيت ابنها والد أمونة.

استغربت الجدة لويزة من تصرفات حفيدتها الوحيدة امونة التي لم تأتي لتلقي التحية عليها وهي لم ترها منذ فترة.

وعندما سألت الجدة لويزة زوجة ابنها حفيظة والدة امونة عمّا يحصل مع امونة، أخبرتها حفيظة عن كل التفاصيل، وعن الحالة التي تعاني منها امونة، وقصتها مع شعرها وصديقاتها.

فهمت الجدة لويزة كل ما يجري مع امونة، فدخلت عليها الغرفة وراحت تشرح لها الأمر، وتحاول أن تفهمها بان الناس مختلفون عن بعضهم البعض فقط من ناحية الشكل الخارجي، أما غير ذلك فهم سواسية ولا فرق بينهم.

ثم قالت لها جدتها لوزة بأن الرسول عليه الصلاة والسلام قال:

لا فضل لعربي على أعجمي

وهذا معناه بأنه لا يوجد شخص أحسن أو أفضل من غيرة من الناس فقط لكون لون بشرته فاتح أو شعره ناعم أو غير ذلك من الصفات الجسدية والخارجية.. بل أن الإنسان يكون أحسن من غيره من حيث أخلاقه ومعاملته. لغيرة من الناس ، فيحب لأخيه ما يحب لنفسه، وهذا ما أوصى به رسولنا الكريم ﷺ .

لذا يجب أن تعاملي الناس على أنهم متساوون في نظرك.

فأجابتها أمونة:

ولكن يا جدتي إن الفتيات في المدرسة لا يحسنون معاملتي، لأن شعري أشعث ويسخرون مني على الدوام، لذا قررت أن انتقل من المدرسة .

الجدة:

لا يا ابنتي أمونة، فالانتقال من المدرسة ليس هو الحل، الحل لا يكمن في الهروب، بل يجب أن تجدي حلا جذريا لمشكلتك، فلو انتقلت قد تواجهك نفس المشكلة في المدرسة الجديدة، فماذا سوف تفعلين حينها.

أمونة:

ما العمل إذن؟

الجدة:

أنت لست مخطئة بشيء، وكل شخص يتمتع بجماله الخاص به، ونحن نستطيع أن نجد الجمال في كل الألوان، وفي كل الفصول، وكل الأشكال أن بحثنا عنه، لذا يجب أن تحسني من شكلك وتبحثي عن الجمال في تصرفاتك وأخلاقك.

أولا:

من ناحية التصرفات والأخلاق، يجب عليك يا أمونه أن تكوني صادقة، حنونة وتحبين الآخرين، مهما كانت أشكالهم، أو لون بشرتهم، أو مستواهم الاجتماعي أو الدراسي.

يجب أن تحبي كل الناس، وان تساعدي من هو في حاجة للمساعدة، وعليك أن تتعلمي كيف تعاملي أصدقاءك.

واعلمي أن المعاملة متبادلة، فكما تكونين صادقة يصدقك الناس القول، وكما تعاملين الآخر يعاملك، وكلما تمتعت بأخلاق حميدة كلما كسبت الناس وأصبح لديك المثير من الأصدقاء لأنك مؤدبة وتلقيت تربية جيدة، وتعاملين أصدقاءك بالحسنى.

يجب أن لا تكذب، وأن لا تغتابي، ولا تخوني الأمانة.

يجب أن تحافظي على رابط الصداقة القوي، فالصديق كنز حقيقي تجدينه حين تحتاجينه.

الصديق يظهر وقت الضيق ليخفف عنك المحنة التي تكونين واقعة فيها.

أما ثانيا:

بالنسبة للجمال الخارجي والشكل العام فإنه يا ابنتي امونة يمكنك أن تسرحي شعرك مثلك مثل باقي البنات وتقومي بتزيينه، و ...

لم تكمل الجدة كلامها حتى قاطعتها امونة وهي متضايقة، ولا تريد سماع باقي كلام جدتها، وهي تتمتم وتقول:

لا يا جدتي ، أنا لست كباقي البنات، ولا يمكنني أن اسرح شعري بسهولة، والجميع يسخر مني، وكلما ربطته يصبح شكله بشعا، وإذا أسدلته صعد إلى السماء، ولا توجد فتاة أخرى في المدرسة شعرها مثل شعري.

الجدة لويزة:

انه ليس من الصواب أن تقاطعيني وأنا أتكلم يا حفيدتي العزيزة امونة، كما انك لم تستمعي لكل كلامي الذي كنت بصدد قوله لك.

أنا سوف امش طللك شعرك، ولنرى إذا كان سوف يعجبك أو لا.

فبعد الآن أقوم بتجديله لك سوف أرى رأيك في تسريحتك الجديدة، وإذا أعجبتك يمكنك أن تعتمديها دائما.

أمونة:

لا يا جدتي أنا لا أحب الجدائل، فأمي كانت تقوم بتجديله لي، ولكن الجدائل لا تحل المشكلة.

الجدة:

أنا لا اقصد الجدائل العادية التي تعودت عليها من طرف والدتك، بل انه لدي الكثير من أنواع الجدائل التي تناسب نوع الشعر مثل شعرك، فبعد أن أسرح لك شعرك سوف ترين كم هو مرتب شعرك، وشكله مبهر وجميل، وأنا متأكدة أن كل صديقاتك سوف ينبهرن بتسريحتك الجديدة.

أمونة:

أحقا يا جديتي هذا الكلام ؟

الجدة:

أجل بالطبع، كما أنني سوف أعلمك بعض الجدائل التي تكون سهلة عليك لكي تقومي بها بنفسك، وسوف أعلم والدتك أيضا لكي تسرح لك شعرك كل يوم.

مروة والطاعة

أرسلت السيدة خديجة ابنتها مروة وابنها عادل إلى بيت خالهما جعفر المقيم غير بعيد عن بيتهم، لكي يأخذوا له بعض البذور التي سوف يقوم بزراعتها في الحقل الذي يملكه.

مروة اصغر من أخيها عادل بثلاث سنوات، وهي عمرها سبع سنوات، وهي طفلة مطيعة، هادئة، تنفذ أوامر أمها بدون تردد، وبدون أن تناقش والدتها.

تنجز فروضها وواجباتها، تنظف غرفتها، وتجمع ألعابها بعد أن تكمل اللعب.

تساعد والدتها في أعمال البيت، وتستمتع بغسل الأواني بدلا من والدتها.

أما عادل فهو ولد متهور، وصعب الميراس، عنيد ولا ينصاع للأوامر بسهولة، بل يتعب والدته كلما طلبت منه طلبا لا ينفذه على الفور.

بعد أن غادر الأولاد البيت باتجاه بيت خالهما وبفترة وجيزة عادت مروة وهي تبكي، لوحدها ..

سألتها والدتها، ما الذي جرى؟

وأين هو أخوك عادل ؟

لكنها لم تستطع أن تفهم منها شيئا لأنها كانت تبكي.

طلبت منها والدتها أن تكف عن البكاء وتخبرها عن ما حدث معها في حوار دار بين الاثنتين.

الوالدة:

هيا يا مروة كفي عن البكاء، واخبريني ما الذي جرى بالضبط؟

لماذا تبكين؟

وأين هو عادل؟

مروة: (وصوتها مخنوق بين شهيق عالي وبكاء)

وهي تكفكف دموعها

يا أمي لقد هرب مني عادل، فبعد أن خرجنا من الباب،

هرب وتركني لوحدي.

الوالدة:

ماذا تقصدين بأن عادل هرب؟

ألم تقصدا بيت خالكما معا.

مروة:

لا يا أمي نحن لم نذهب معا، لقد تركني فور خروجنا

من الباب، وذهب لكي يلعب كرة القدم مع أصدقائه في

الشارع.

وقد حذّرني عادل من أن أخبرك بالأمر، وقال بأنه سوف يضربني إن فعلت ذلك، كما أمرني بأن أذهب إلى بيت خالي لوحدي.

الوالدة:

وماذا فعلت بعد ذلك؟ لماذا لم تعودي إلى البيت.

مروة:

لقد حاولت أن اذهب كما طلبت منا لكي آخذ البذور إلى خالي.

الوالدة:

وما الذي حدث بعد ذلك؟

مروة:

وأنا في الطريق إلى بيت خالي لوحدي، اعترض طريقي بعض الأطفال، فسقط الكيس على الأرض، وانتشرت البذور على كل الطريق، فعدت مسرعة.

الوالدة:

أحسنت بالعودة يا ابنتي .

مروة:

أنا آسفة يا أمي، أنا لم استطع أن أوصل البذور إلى خالي كما طلبت مني، وكذلك لم أستطع أن أحافظ على الكيس، فضاعت مني البذور على الطريق وأنا أعلم أنها غالية الثمن.

الوالدة:

لا تقلقي يا مروة، فالذنب ليس ذنبك .

لم يعد عادل إلى البيت حتى حل الظلام، وكان والده جالس في غرفة الجلوس، دخل عادل ومر مباشرة إلى طاولة الطعام ، وانظم إلى والده و أخته مروة دون أن يغسل يديه حتى ، فنهره والده على مثل هذا التصرف الخاطئ، وبعد أن سكبت الوالدة طعام العشاء، سألها

الوالد إن كانت قد أرسلت البذور التي ابتاعها إلى بيت أخيها، فأجابته الوالدة:

اسأل عادل يا أبا عادل، فهو من أخذها؟

الوالد:

ماذا قال لك خالك يا عادل عن البذور؟

عادل: (وهو يمضغ طعامه بسرعة)

أنا لا اعلم يا أبي، اسأل مروة لأنني لم أدخل معها، بل أوصلتها إلى بيت خالي وانتظرتها خارجا.

الوالدة:

الآن تناولوا طعام العشاء، وبعد صلاة العشاء، سوف أتصل بأخي لأعرف رأيه في كيس البذور يا أبا عادل.

بعد العشاء جلست السيدة خديجة مع ابنها عادل لوحدهما، كان عادل خائف وهو لا يعلم السبب وراء

جلوس أمه معه لوحدهما، فقد علم بأنها سوف تؤنبه على شيء ما ولكنه لم يعلم ما الأمر بالضبط.

أخبرت السيدة خديجة ابنها عادل كل ما حدث مع أخته الصغرى مروة، ثم أخبرته والدته بأنه قد ارتكب اليوم خطأين، والخطأ الأول قد جره لفعل الخطأ الثاني، فعادل لم يطع أوامر والدته لوم يقم بتنفيذ ما طلبته منه، وترك أخته في الشارع لوحدها، مما جعلها تتعرض للمضايقة من طرف الأطفال المشاغبين فخسرت كيس البذور.

والخطأ الثاني هو كذبه على والده، حين سأله عن رأي خاله في كيس البذور، فأجابه وكأنه قد ذهب إلى بيت خاله كما أمرته والدته.

ندم عادل على سوء تصرفه، واعتذر من أمه كثيرا ووعدها بأنه لن يسيء التصرف مرة أخرى.

طلبت والدة عادل من ابنها عادل أن يذهب إلى والده ويخبره كل الحقيقة وأن يعتذر منه، لكي لا يعاقبه عندما يعرف بالأمر، وأيضا لأن هذا هو التصرف الصحيح، فلا يجوز للأولاد عصيان والديهم ولا عدم طاعة أوامرهم .

ويجب أيضا الصدق وعدم الكذب ، فالكذب يجر إلى كذب آخر ، وحبل الكذب قصير، وعند انكشاف الكذبة يكون قد فات الأوان ولن يصدق الناس كلامك بعد ذلك .

أخذ عادل درسا مما حدث معه وأخته اليوم، فاعتذر من الجميع، وأحس بالندم وقرر أن لا يعود لهذه التصرفات السيئة والكذب الذي أوقعه في المشاكل، كما قرر أن يطيع والديه دائما، لأن طاعتهما واجبة على الأبناء ، كما أنهما يريدان صالح أبنائهما دائما.

حبيب

والقطة ميمي

أحضرت والدة حبيب قطة إلى البيت، وأطلقت عليها اسم ميمي، وذلك من أجل أن تتخلص من الفئران المزعجة، ولكن هذا الأمر أزعج حبيب جدا، ولم يحب القطة بل كرهها كرها كبيرا.

كان حبيب ينزعج كثيرا من رؤية والدته وهي تحن على القطة وتعتني بها، فكان لا يطيق رؤية المنظر حين يرى والدته تقوم بإطعام القطة أو تقدم لها الحليب، فما إن تختفي والدته عن الأنظار حتى يس

رع إلى سكب الحليب على الأرض وطرد القطة من مكانها المخصص لها.

وأحيانا كان حبيب يقوم بمحاولات فاشلة للتقرب من القطة ميمي، ولكنه كلما أمسك بها تقوم بخدشه بأظافرها والهرب منه، وهذا ما كان يزيد من حقده عليها وكرهه لها.

أما القطة ميمي فقد أصبحت تبادل حبيب نفس الشعور، فكلما رأته في طريقها هربت منه، أو غيّرت اتجاهها، وكأنها تعلم تماما بأن حبيب لا يحبها، ولا يطيق وجودها في البيت الذي أصبح بيتها هي أيضا.

القطة ميمي هي قطة جميلة جدا لونها بني فاتح يميل إلى اللون الأصفر، وأذناها لونهما بني غامق يميل إلى الأسود، وكذلك يوجد بعض السواد في نهاية ذيلها، فهي قطة لم ير حبيب قطة تشبهها أو تتميز بألوانها في حياته، كما أن والدته معجبة بألوان فرو القطة.

وبعد مرور أيام وأسابيع على قدوم القطة ميمي إلى بيت حبيب إلا أنه لم يستطع التأقلم معها، ولم يتعود على العيش في بيت واحد معها، فقد أن كان الطفل الوحيد، والمدلل في البيت، وصاحب الحركة، الوحيد الذي يعلو صوته في أرجاء المنزل بالضحك واللعب والصراخ.

أما اليوم فقد أصبحت للقطة ميمي مكانتها المميزة في البيت، وأصبحت تشاركه المنزل وتشاركه والدته و والده، بل وقد تحصلت على نصيب من حب والديه وقاسمته الحب، و؟أصبحت منافسه الأول على كل شيء.

فصوت المواء الذي يعلو في المنزل يزعجه كثير الإزعاج، فحبيب لا يطيق صوتها، وهي قطة كثيرة المواء ليلا نهارا تموء وتموء مِ يَوْ مِ يَوْ مِ يَوْ .

في أحد الأيام طلب حبيب من والدته أن تطلب له
ولصديقه فريد الذي جاءه في زيارة إلى البيت بيتزا من
محل البيتزا المجاور لبيتهم ، فاليوم هو عطلة نهاية
الأسبوع لذا قرر أن يعزم صديقه فريد ليلعب معه
الألعاب الالكترونية البلايستيشن.

لم تعارض والدة حبيب ما طلبه منها ابنها ، لكنها
أخبرته بأنها سوف تقوم هي بصنع البيتزا في لبيت
بيديها، فإعداد الطعام في البيت يكون صحي أكثر من
تناول الطعام خارج البيت ومن محلات الطعام السريع.

انهمك الولدان حبيب وفريد في اللعب، وكانا سعيدين، بالأكل الذي تعده لهما والدة حبيب، فالاثنان يحبان البيتزا كثيرا.

بعد فترة جاءت والدة حبيب وأحضرت للولدين قطعتين كبيرتين من البيتزا، لكل منهما حصته.

قام فريد بتناول قطعته على الفور من شدة لهفته عليها، أما حبيب فقد طرد القطة ميمي التي كانت تحوم حول صحنه وتزعجه، بينما هو منهمك في اللعب ويريد إنهاء اللعبة أولا ليتناول قطعته بعد ذلك، فوضع صحنه على الطاولة قرب النافذة.

لم ينتبه حبيب للقطة ميمي التي دخلت من النافذة وأكلت حصته من البيتزا، ولكن فريد سمع صوت مضغ للطعام وعندما التفت وجد القطة ميمي وهي تكاد تنهي قطعة البيتزا، فصرخ عليها لكي تفر هاربة.

وعندما رأى حبيب المنظر انفطر قلبه على قطة البيتزا التي أكلتها القطة ميمي فصرخ عاليا باكيا، وهو يجري وراءها ويقول:

انتظري أيتها القطة اللعينة، لقد أكلت حصتي...

سوف أقتلك، ولن أغفر لك..

طارد حبيب القطة في أرجاء الغرفة وعندما أمسكها ضغط عليها بيديه، فحذّره فريد من أن سوف يقتلها حقا.

تمالك حبيب نفسه قليلا، وهدأ قليلا من فورة الغضب، وراح يفكر في عقاب للقطة ميمي فهو لا يريد أن يطلق سراحها، ولا يريدها أن تنفذ هذه المرة بفعلتها الشنيعة التي قامت بها .

فكّر حبيب مليّا في عقاب للقطة ميمي، ولم يصغ لكلام صديقه فريد حين نصحه بإطلاق سراح القطة ميمي.

أما هو فقد اهتدى إلى فكرة نالت إعجابه، وقرر أن يقوم بسجن القطة ميمي داخل صندوق ألعابه، وهو صندوق قديم وعتيق مصنوع من الخشب وبعض المعدن، وهو إرث عائلي كان للمرحومة جدّته والدة والده، وقد أعجبه فأعطته له والدته، فأصبح يضع في داخله الأغراض القديمة والألعاب التي استغنى عنها ولم يعد يريد اللعب بها كثيرا .

وضع حبيب القطة ميمي داخل الصندوق، رغم أن فريد كان قد حذّره من أن القطة قد تختنق أو تموت داخل الصندوق، لكنه لم يستمع لكلامه، بل ورّد عليه

أنه فقط يريد أن يعاقبها، وسوف يفتح لها لكي يخرجها بعد ساعة أو أكثر بقليل.

خرج الولدان من الغرفة، ولكن حبيب لم يخبر والدته بما حدث له مع القطة ميمي، لأنه يعلم بأن والدته سوف تعاقبه إن علمت بما فعله بالقطة.

رافق حبيب صديقه فريد إلى الخارج حيث التقيا بصديقهما سامي الذي جلس معه أمام باب البيت يتكلمان، وبعد قليل اقبل عليهما خالد ابن خاله ، دخل خالد وحبيب إلى البيت واستأذن من والدته لكي يأخذ حبيب معه إلى البيت لكي يقضي الليلة هناك في بيت خالد لأنه في عطلة وهي لم تمانع.

عندما عاد حبيب في اليوم التالي، وجد والدته تبح عن القطة ميمي التي لم ترها منذ يوم أمس، فقد اختفت، فقد اختفت ولم تجدها بالرغم من أنها بحثت عنها في

كل أرجاء البيت، كما أن القطة ميمي لم تكن متعودة على الخروج من البيت وهذا شيء غريب.

في تلك اللحظة تذكر حبيب ما فعله بالقطة ميمي، وتذكر أنه كان قدم حبسها داخل الصندوق الخشبي ونسي أمرها، فخاف كثيرا من أن يكون قد أصاب القطة ميمي أي مكروه بسببه، فأسرع إلى غرفته.

وما إن فتح الصندوق حتى كاد يغمى عليه من الرائحة التي تنبعث من القطة ميمي التي اختنقت داخل الصندوق، وماتت فأصبحت جثة هامدة.

أغلق حبيب الصندوق وراح يبكي على القطة التي لم يقصد قتلها، ويبكي على نفسه نادما على ما اقترفته يداه، كما أنه خاف من عواقب هذه الجريمة البشعة التي ارتكبها.

لم يتحلى حبيب بالشجاعة الكافية التي تؤهله لمصارحة والدته بالأمر، ليخبرها بما فعله بالقطة ميمي المسكينة، فجلس واتكأ على الصندوق وكله حسرة وندم.

فكّر حبيب قليلا ثم قرر أن يقوم بدفن القطة ميمي في حديقة البيت، دون أن يخبر والدته بالأمر، فخرج من البيت مسرعا، وذهب لطلب المساعدة من صديقه فريد، هذا الأخير الذي فُجع لسماع الخبر.

ولكنه طبعا لم يتردد في تقديم يد العون لصديقه حبيب، ولأنه لم يكن يقصد قتل القطة المسكينة، بل كان مجرد حادث غير مقصود وخطأ نتيجة التهور.

قام الولدان بوضع جثة القطة ميمي داخل كيس أسود خفية عن والدته، ثم أخذا الكيس إلى الحديقة حيث قاما بحفر حفرة وقاما بدفن جثة القطة ميمي بداخلها.

وعندما رأتهما والدة حبيب، وسألتهما عما يفعلانه في الحديقة.

الوالدة:

ما الذي تفعلانه في الحديقة أيهما الولدان؟

حبيب:

أمي .. آه ... نعم ... نحن ...

كان حبيب مترددا ولم يكن يعرف ما يجيب به على سؤال والدته .

فأجابها فريد:

نحن نقوم بزراعة بعض الأزهار يا خالتي.

حبيب:

أجل يا أمي، لقد أخذنا درسا عن الزراعة، ولم نقم بالزراعة بعد، فقررنا فجأة أن نجرّب زراعة بعض البذور اليوم.

الوالدة:

جيد... ولكن لا توسخا ملابسكما، ولا تعبثا بالأزهار التي كنت قد غرستها سابقا في الحديقة.

حبيب:

نعم يا أمي، لقد أوشكنا على الانتهاء.

حل المساء ووالدة حبيب لازالت تتساءل عن مكان القطة ميمي التي غابت عن المنزل لمدة يومين تقريبا.

وبينما كانت العائلة مجتمعة على مائدة العشاء، فجأة لاحظ حبيب شيئا غريبا، لقد رأى القطة ميمي تمر عبر الباب، فخاف كثيرا، وقال لوالدته لقد رأيت القطة ميمي تمر عبر الباب.

فقالت له والدته:

ولماذا أنت خائف؟

إنه لخبر سعيد أن القطة ميمي قد عادت ، يبدو أنها كانت في بيت أحد الجيران، وراحت الوالدة تبحث عنها وتناديها لتناول طعام العشاء.

أما حبيب فمن شدة الخوف لم يكمل طعامه وأسرع إلى غرفته وأغلق الباب على غرفته وهو خائف.

وصورة القطة ميمي تمر عبر الباب تطارده، ولكنه لاحظ شيئا مختلفا في القطة، لقد كان ذيلها مخططا باللون الأسود كثيرا.

ولكن كيف تعود القطة ميمي وقد ماتت؟

راودت حبيب الكثير من الكوابيس والأحلام المزعجة وهو نائم، فقد كان يرى القطة ميمي تمر عبر الباب تارة، ويراها جثة هامدة كما وجدها في الصندوق تارة أخرى.

لم ينم جيدا تلك الليلة، وعندما أخبر صديقه فريد بالأمر في اليوم الموالي، أخبره فريد بأن هذه مجرد تهيأت وأوهام، وقد يعود السبب وراء ذلك لشعور حبيب بالذنب وضميره يؤنبه.

اقتنع حبيب بكلام فاروق وقرر أن ينسى الأمر.

في المساء كان حبيب يجلس على مكتبه ينجز فروضه، وأمام المكتب توجد نافذة تطل على الحديقة، وبينما كان يقوم بانجاز بعض العمليات الحسابية سمع مواء قطة، فخاف كثيرا لأنه اعتقد أنها القطة ميمي هي التي تموء، ثم قال في نفسه:

هذا غير معقول، إنها مجرد أوهام كما قال فريد.

ولكن المواء لم ينقطع، وإذا بالقطة ميمي تظهر له في النافذة، تفاجأ حبيب بها فسقط عن كرسيه، ولما أمعن

النظر فيها، لاحظ أن ذيل القطة ميمي هذه المرة لا يوجد فيه اللون الأسود أبدا، فخاف كثيرا ثم خرج مسرعا من غرفته وهو يصرخ.

ذهب إلى غرفة الجلوس ليجد والدته جالسة تشاهد التلفاز، وعندما سألته عن حالة الرعب التي هو فيها.

والدة حبيب:

ما بك يا بني؟

ما الذي يجري معك؟

حبيب:

أمي ... أ ... أمي ... أ ... القطة ميمي.

والدة حبيب:

لماذا أنت خائف؟

وما بها القطة ميمي، هل عادت؟

حبيب:

أمي.. أنت لا تعرفين... ما حدث مع القطة ميمي...
إنها...

والدة حبيب:

ما الذي حدث؟

هيا أخبرني

حبيب:

لقد عادت القطة ميمي، أو بالأحرى لقد ظهر شبحها ،
لقد عادت كشبح، وقد رأيتها بأمي عينيا، لقد رأيتها،
رأيت الشبح البارحة واليوم مع أن القطة ميمي قد
ماتت...

والدة حبيب:

ماذا تقول يا حبيب؟

القطة ميمي ماتت؟

ما الذي تقصده بكلامك؟

حبيب:

أجل يا أمي، لقد ماتت القطة ميمي قبل ثلاثة أيام، وأنا الذي قتلتها، ولكني لم أكن أقصد قتلها.

لقد حبستها داخل صندوق جدتي ونسيت أمرها، فاختنقت وماتت، ولكني البارحة رأيت شبحها، واليوم أيضا، ولكنه يوجد اختلاف فيها ، فلون فرو ذيلها مختلف، ففي ذيل القطة ميمي في نهايته القليل من اللون الأسود، أما شبحها ليلة البارحة فقد كان ذيلها مخططا باللون الأسود، وشبح اليوم فذيلها لا يوجد فيه اللون الأسود أبدا، انه لشيء غريب.

الوالدة:

وما الذي فعلته بالقطة ميمي؟

حبيب:

لقد دفنتها في الحديقة بمساعدة فريد، ولكن الأشباح تطاردني يا أمي...

ماذا سأفعل؟

قد تكون روح القطة ميمي تريد الانتقام مني.

أكاد أجن يا أمي أظن أنني أتعاقب على فعلتي.

الوالدة:

أتعلم يا حبيب أنني كنا أعرف كلما ما تقوم به، ولكني أردتك أن تصارحني بالموضوع ولا تخفيه عني، ولا أريدك أن تكذب، أو تخفي عني شيئا بعد الآن.

وأنظر إلى سوء تصرفك مع القطة ميمي فقد قتلتها لأنك لم تحبّها، بل وأردت معاقبتها على فعل، لم تكن هي تقصد به السوء، بل كانت فقط تريد أن تأكل.

حبيب:

إنها تلاحقني يا أمي وتريد أن تنتقم مني .

الوالدة:

إنها مجرد حيوان، ويجب علينا الرفق بالحيوان، القطة ميمي كانت قطة مسكينة عديمة الحيلة، قليلة القوة، وأنت تجبّرت عليها واستعملت قوتك عليها، فحبستها وهي لم تعرف حتى كيف تخلّص نفسها ، فاختنقت.

حبيب:

أنا نادم يا أمي، ولكن لا أظن أن شبحها سوف يفارقني.

الوالدة:

الاعتراف بالخطأ فضيلة، ويجب أن تأخذ عهدا على نفسك بأن ترفق بالحيوانات وأن تعاملها بلطف، أما الأشباح فلا تخف منها.

ثم طلبت منه والدته أن ينظر من النافذة، وأخبرته بأن القطط التي رآها لم تكن أشباحا بل أخوة القطة ميمي الذين يعيشون في بيت جيرانهم الذي يقع بيتهم خلف بيت حبيب، وهو البيت الذي أحضرت منه والدته القطة ميمي، ويبدو أنهم اشتاقوا لأختهم فجاءوا للبحث عنها.

حزن حبيب كثيرا وندم على ما فعله، وقرر أن يصلح من نفسه وان يقدم النصح لكل من يسيء للحيوانات.

عيادة المريض

رفيق أيمن

رفيق ولد ذكي جدا ويتحصل على أعلى النقاط رغم أنه لا يبذل جهدا كبيرا في الدراسة، ولكنه بفضل ذكائه فهو يجيد الانتباه أثناء الدرس، وما إن ينتهي الدرس حتى يحدث فوضى داخل القسم، وهذا ما يزعج أساتذته وزملاءه.

رفيق لا يحب تكوين الصداقات بل يكتفي بمرافقة ابن عمه أيمن، الذي هو على عكس رفيق تماما، فهو ولد محبوب له الكثير من الأصدقاء، ويحب الجميع، أيمن أيضا متفوق في دراسته، ولكنه يبذل جهدا كبيرا في

المراجعة وحفظ دروسه وحل التمارين، والقيام بكل الوظائف والواجبات.

رفيق لا يحب الاختلاط كثيرا، كما أنه لا يحب مشاركة بقية زملائه في الصف الحديث ولا اللعب ولا مختلف النشاطات، على عكس ابن عمه أيمن الذي يحب مشاركة الجميع في الكلام والدراسة واللعب.

في يوم من الأيام لاحظ أيمن غياب زميله رياض في الصف عن الحصة، وعندما أخبر رفيق الذي يجلس معه في نفس الطاولة لم يكترث هذا الأخير للأمر، ولكن أيمن شعر بالقلق على صديقه رياض وانشغل باله بما قد يكون حصل لصديقه، وما المكروه الذي تعرض له لكي يغيب عن الدراسة.

بعد انتهاء الحصة سارع أيمن إلى صديقه خالد الذي يجلس مع رياض في العادة وسأله عن زميله الغائب، فأخبره خالد بأن رياض قد تعرض لوعكة صحية لذا هو غائب اليوم، فهو مريض، وقد أخبره الطبيب بأن يلازم الفراش، وأن لا يغادر البيت حتى يشفى تماما.

قرر أيمن أن يقوم بزيارة صديقه المريض رياض، وعندما سأل رفيق أن يرافقه.

رفض رفيق الأمر وقال:

أنا لا أحب زيارة الناس في بيوتهم وخاصة المرضى.

أخشى أن ألتقط العدوى فأمرض أنا أيضا.

أيمن:

لماذا تقول هذا الكلام؟

إنه حقا لكلام قاس وأنت مخطئ تماما، فمعتقدك هذا ليس صحيحا أبدا.

رفيق:

لا يهمني رأيك يا أيمن، فالمهم عندي هو أن أحافظ على صحتي، فالإصابة بالعدوى من شخص مريض هذا أمر وارد.

أيمن:

إن مرض رياض ليس معديا، ولو كان كذلك لما سمح له الأطباء باستقبال الزوار.

وعيادة المريض هي أمر مستحب، وقد أوصانا نبينا الكريم بذلك لكي نخفف عنه الألم ونحسسه بأننا نحبه ونقف إلى جانبي.

رفيق:

بالرغم من ذلك أنا لا أحبذ فكرة زيارة شخص
مريض، فأنا أتشاءم من هذا المنظر، أنا يا صديقي لا
أحب الأمراض ولا الأدوية والألم.

أيمن:

ألا تحب أن يبادلك الناس نفس التصرفات والشعور؟

ألا تفضل أن يزورك أصدقاؤك وزملاؤك في حالة
أصبت بالمرض لا سمح الله؟

رفيق :

لا يا صديقي.. إياك يا بن عمي أن تفكر في هذا
الموضوع... ألا تعرف من أنا.. أنا رفيق .

أولا:

أنا لست في حاجة لأحد، ولا أحتاج أصدقاء ولا
زملاء.

ثانيا:

أنا لا أمرض بسهولة، ألا ترى بأنني أحافظ على صحتي، فأتناول الطعام الصحي وأغسل يدي قبل الأكل وبعده، وألبس الثياب الدافئة في الشتاء ولا أعرض نفسي للمخاطر.

أيمن:

كلامك غريب يا ابن عمي؟

فلا يوجد إنسان لا يمرض، حتى الحيوانات تمرض.

رفيق:

نحن لسنا حيوانات ولدينا عقل نفكر به، لذلك نعرف كيف نحمي أنفسنا من الأمراض.

أيمن:

ولكن كل البشر معرضون للخطر والمرض والموت ، ألا تؤمن بالقدر؟

رفيق:

لن تقنعني بكلامك، أنا لا أحب زيارة الناس المرضى.

أيمن:

سوف يعاملك الناس بالمثل.

رفيق:

عن إذنك يا ابن عمي يجب أن أعود إلى البيت.

أيمن:

إذن إلى اللقاء، أنا سوف أذهب مع خالد لزيارة رياض.

في اليوم التالي لم يلتق أيمن برفيق أمام باب المدرسة كعادتهما، فدخل وبحث عنه في الساحة ولم يجده، وعندما دق الجرس ذهب إلى قسمه، فلم يجد ابن عمه رفيق هناك أيضا، وعندما سأل التلاميذ أخبروه بأنهم لم يروه اليوم.

يعد انتهاء الحصص الدراسية توجه أيمن إلى بيت عمه لكي يسأل عن ابن عمه رفيق، فلم يجده في البيت، بل ولم يجد لا عمه ولا زوجة عمه ولا بقية العائلة ،

فأخبره الجيران بأنهم في المستشفى، لأن ابنهم رفيق قد تعرض لحادث هذا الصباح، ولم يعودوا من المستشفى بعد.

خاف أيمن على ابن عميه رفيق لأنه يحبه، فسارع إلى البيت وأخبر أمه وأباه بما حصل مع ابن عمه.

اتصل والد أيمن بأخيه والد رفيق لكي يسأله عن مكانهم، فأخبره والد رفيق بأنهم عادوا إلى المنزل وأن رفيق بخير وهو بحالة جيدة.

فأخبره والد أيمن بأنهم قادمون لكي يطمئنوا على صحة رفيق.

عندما وصلت عائلة أيمن إلى بيت رفيق وجدوا بأنه قد كسر رجله فوضع له الطبيب جبيرة ومنعه من الحركة لمدة أسبوع على الأقل، ولن ينزع الجبيرة إلا بعد مرور وقت، قد يتجاوز الشهر.

كان رفيق منزعجا جدا بسبب ما حصل معه، ولكن الخطأ كان خطؤه لأنه كان يمشي شارد الذهن ولم ينتبه

، لكنه يلقي باللوم على صاحب السيارة الذي لم ينتبه له وسط الشارع ، فهو يرى بأنه كان يقطع الطريق كعادته رغم أنه كان مسرعا بعض الشيء.

لكن رفيق فرح بمجيء أيمن وعائلته، وعبّر له عن انزعاجه بسبب غيابه عن المدرسة، وأخبره بأنه سوف يضطر للغياب أكثر.

فقال له أيمن:

لا تقلق يا رفيق سوف أساعدك وأحضر لك الدروس.

رفيق:

أجل يا أيمن، أنت ابن عمي وصديقي الوحيد ، يجب أن تساعدني لكي لا تفوتني الكثير من الدروس ، ولكي أستعد للامتحانات.

أيمن:

ولكن لن أستطيع زيارتك كل يوم، فيجب أن أدرس وأحضر الصفوف، وأنا أيضا أساعد رياض لأنه هو أيضا مريض وقد طلب مني المساعدة قبلك.

رفيق:

ولكن يا أيمن أنا ابن عمك وأقرب إليك من رياض.

أيمن:

لا تقلق قد يزورك بعض الأصدقاء ، وقد يساعدونك هم أيضا.

رفيق:

ولكن يا أيمن أنت تعلم أنني لا أصدقاء لي غيرك، فأنت ابن عمي أيضا، وتعلم أيضا أنني لم أقم بزيارة أي منهم في مرضه.

فانا لم أزر خالد عندما وقع عن الدراجة، ولم أزر عمر الصيف الماضي عندما وقع عن الشجرة وكسر يده، ولم أقم بزيارة فريد عندما خضع للعملية واستأصل الزائدة الدودية..... وغيرهم...

أيمن:

لا تكن متشائما يا رفيق فعيادة المريض واجب، ولا أظن أن زملاءنا يمتلكون نفس طريقة تفكيرك، الخاطئة طبعا.

رفيق:

حسنا، لنصبر ونرى.

في اليوم الموالي أخبر أيمن أصدقاءه بما حصل مع رفيق، فقرر الأولاد أن يلقنوا رفيق درسا في عيادة المريض لن ينساه.

امتنع الجميع عن زيارة رفيق لمدة ثلاثة أيام، شعر رفيق خلال هذه الأيام بالوحدة والسوء، وكان لا يفكر إلا في رجله المكسورة، ويفكر فيما يفوته في المدرسة من دروس ونشاطات.

وكان كلما اتصل ببيت عمه ، تخبره زوجة عمه أن أيمن في بيت رياض يزوره مع بعض الأصدقاء ويساعده في دراسته، وعندما يتصل على بيت رياض يسمع ضجيج وفوضى من الأولاد وهم يمرحون ويضحكون فيغلق السماعة سريعا.

في يوم من الأيام جاءت والدة رفيق وأخبرته بأن هناك من جاء لزيارته، فرح رفيق ولم يصدق الأمر.

وعندما دخل عليه رياض الغرفة، استغرب ذلك كثيرا، فأخبره رياض أنه شفي وعندما علم بما جرى معه جاء لزيارته، لأنه يعتقد بأنه لولا ظرف المرض لما تأخر رفيق عن زيارته، ولكن باقي التلاميذ مقتنعون بأن رفيق لا يزور أحدا، لذا لا يجب زيارته، وهم يقولون:

ليبق لوحده مع رجل مكسورة لمدة شهر كامل.

بدأ رفيق بالبكاء وأخبر رياض بأنه كان هذا اعتقاده، وهذه كانت أفكاره، وبعد ما حصل معه، بتعرضه للحادث والوحدة التي شعر بها في الأيام الماضية وجد بأنه كان مخطئا ، فحتى ابن عمه أيمن تخلى عنه ولم يزره، وفضّل مساعدة صديق مريض كان في حاجته، صديق تعود على معاملته بالمثل.

أخبر رفيق رياض بأنه شديد الندم، ولن يتصرف هكذا أبدا، بل سوف يعدّل من سلوكه وسوف يساعد من هو في حاجته، ولن يتأخر عن زيارة مريض يشعر بالألم والوحدة ، وقد يكون في حاجة المساعدة للتخفيف عنه.

هنا، وفي هذه اللحظة دخل أيمن وهو يحمل باقة من الأزهار، وقال:

أحسنت يا رفيق، هذه هي صفات المسلم المؤمن، هذه هي الأخلاق والتصرفات التي أوصانا بها النبي الكريم، عندما أوصانا بعيادة المريض.

قال رسول الله ﷺ:

"حق المسلم على المسلم خمس، رد السلام، وعيادة المريض، وإتّباع الجنائز، وإجابة الدعوة، وتشميت العاطس" رواه البخاري

تفاجأ رفيق برؤية أيمن، لأنه كان يقف خلف الباب يستمع لما يدور من حديث بين رياض ورفيق، ولكنه فرح به كثيرا، وكاد يقفز من السرير ليحتضنه تعبيرا عن فرحته برؤيته.

لكن أيمن أخبره بأن مجيئه ليس المفاجأة الوحيدة، بل وفي تلك اللحظة دخل كل التلاميذ خالد، عمر، علي، وبهاء... وغيرهم

وكل منهم يحمل في يديه غرضا، فهناك من أحضر بعض الفاكهة، وهناك من أحضر هدية، وهناك من أحضر حلويات وشكولاطة، وهناك من أحضر معه الكتب والكراريس.

ضحك الجميع، وأخبروا رفيق عن خطتهم وما قاموا به لكي يلقنوه درسا، فردّ عليهم بأنه تعلم الدرس ولن ينساه.

ومنذ ذلك اليوم وهو لا يكادون يفارقونه ويساعدونه على الدراسة حتى شفي تماما، وعاد إلى المدرسة.

بالفعل تعلم رفيق درسه، وعرف قيمة الأصدقاء وفهم معنى عيادة المريض، فقد أصبح رفيق هو أول من يبادر بزيارة أصدقائه إن تغيب احدهم عن المدرسة، حتى وإن لم يكن مريضا ، فقد أصبح شديد الاهتمام بأصدقائه، ويلاحظ غياب أي احد على الفور.

بشرى

والمأكولات الخفيفة

بشرى فتاة فضة في التعامل، ولا تحسن التعامل مع أصدقائها وزملائها في المدرسة، لدرجة أنهم ينفرون من معاملتها ولا يحبذون أن يكونوا أصدقائها، لذلك ليس لديها الأصدقاء بسبب تصرفاتها السيئة وألفاظها الجارحة والغريبة.

يمتلك والد بشرى العديد من المتاجر، فهو رجل غني، يحب ابنته كثيرا ولا يرفض لها طلبا.

بشرى هي فتاة متطلبة ، كثيرة الطلبات، صعبة الإرضاء، قليلة الأصدقاء، هي فتاة بدينة، وألفاظها أحيانا تكون غير مقبولة.

بشرى ليست مطيعة، ولا تقوم بواجباتها المدرسية، رغم تحذير المعلمة لها دائما، ولكنها تدور عليها بمختلف الأعذار، أنها نسيت أو لم تنتبه، أو لم تكن في بيتهم البارحة فلم تأخذ معها كراس التمارين، حذّرتها معلمتها مرارا وتكرارا.

وقالت لها بأن التهاون سوف يجرها إلى الخسارة وعدم النجاح.

لم تنتبه بشرى لكل تحذيرات معلمتها التي لا تريد لها ألا صالحها ونجاحها، وواصلت تهاونها، وانشغالها بالفوضى، والحكايات والتدخل فيما لا يعنيها.

كل هذه التصرفات السيئة لا يتصرفها التلميذ النجيب.

لم تكن بشرى محبوبة من طرف زملائها لذا قررت أن تكسب ودّ التلاميذ، فكّرت فيما قد يجمع البنات حولها، ولم تجد الجواب بسهولة.

وفي يوم من الأيام صباحا، حيث كانت بشرى تتجه إلى المدرسة صادفت في طريقها زميلاتها في المدرسة هدى ورحاب، اللتان كانتا تغادران إحدى المحلات وهما تحملان كيسا مليئا بالمأكولات الخفيفة من......

بينما مرّت عليها أميرة وفرح وهما تتكلمان وقد سمعت حديثهما.

أميرة:

هل رأيت يا فرح كل الحلويات والأطعمة التي اشترتها كل من هدى ورحاب ؟

فرح:

أجل لقد رأيتهما، وشعرت ببعض الغيرة، فلو كنت
أملك بعض المال لاشتريت لنا بعض الحلويات أو
البذور المملحة.

أميرة:

لا عليك يا فرح، أظن أنني أملك بعض النقود، سوف
أبحث عنها في محفظتي، ثم نذهب لنشتري كل ما
نريده.

فرح:

أحقا لديك بعض النقود.

أميرة: (بعد أن بحثت في محفظتها ولم تجد النقود)
للأسف لقد أعطاني أبي مصروفي اليومي ولأنني لم
أضعه في حصالتي لأنني كنت مستعجلة، ظننت بأنني

قد أحضرت النقود معي، ولكن يبدو أنني وضعتها فوق مكتبي وقد نسيت الأمر كليا.

فرح:

يا للخسارة لقد كنت أريد أن أتناول بعض الحلوة، وقد شعرت بالغيرة من هدى ورحاب، ليتنا كن نملك بعض المال.

أميرة:

أجل، وأنا أيضا يا صديقتي العزيزة فرح.

بعد أن سمعت بشرى كل الحديث الذي دار بين أميرة وفرح، جاءت باتجاههما وتظاهرت بأنها لم تسمع شيئا.

ألقت بشرى التحية على أميرة وفرح، فردّتا التحية بكل برود وجفاء، ثم أخبرتهما بشرى بأنها كانت في

طريقها إلى المحل لتشتري مختلف أنواع الحلويات والبذور المملحة و........

بعد أن أخبرتهما بأنها تحمل معها الكثير من النقود، لأنها والدها غني ودائما يقوم بإعطائها مصروفا كبيرا.

وبعد أن همّت بشرى بالذهاب إلى المحل، عادت إلى الخلف خطوتين ونظرت إلى الفتاتين أمية وفرح وقالت:

أتريدان الذهاب معي؟ و مرافقتي إلى المحل للشراء ويمكنكما أن تشاركاني الطعام.

أميرة وفرح قالتا معا:

أحقا تعنين ما تقولين؟

شعرت الفتاتان كان دعاءهما قد أستجيب، وقد جاء من يلبي رغباتهما.

بشرى:

أجل أنا أعني ما أقول.

هيا أسرعا قبل أن يدق الجرس.

ذهبت الفتيات إلى المحل، فطلبت منهما بشرى أن يختارا كل ما يريدانه، لأنها كانت تحمل معها الكثير من النقود، ثم حاسبت صاحب المحل، وخرجت الفتيات الثلاثة وهن سعيدات.

عماد الدين

والكرسي السحري

عماد الدين طفل صغير، ابن العشر سنوات، فقير ودائما يلبس ملابس مرقعة يدرس عماد الدين في مدرسة فيها مجموعة أطفال مشاغبين، حالتهم المادية ليست كحالة عماد وعائلته، هذه المجوعة المشاكسة يضايقون عماد دائما ويزعجونه.

في يوم من الأيام دخل عماد الدين إلى القسم ولم يجد مقعده فسأل التلاميذ ولم يجبه أحد إلا أحد المشاغبين

عماد:

أين مقعدي؟

الولد المشاغب:

لا يوجد مقعد... هاها لقد اختفى مقعدك

عماد:

أين أجلس الآن؟

الولد المشاغب:

لا لا ، لا تجلس، بل ابق واقفا

ثم دخل المعلم بعد السلام

قال المعلم:

صباح الخير

التلاميذ:

صباح الخير سيدي

ثم التفت المعلم إلى عماد وسأله

المعلم:

لماذا أنت واقف يا عماد؟

عماد:

سيدي أنا لم أجد مقعدي عندما دخلت القسم

المعلم:

اذهب وأحضر مقعدا من إحدى القاعات

خرج عماد والتقى بأحد الموظفين في الرواق وعندما عرف أن عماد يريد كرسيا أمره أن لا يزعج الأقسام والتلاميذ الذين يدرسون وأمره أن يحضر كرسيا من المخزن لأن فيه الكثير من المقاعد وقال له أن لا يتأخر عن حصته.

دخل عماد إلى المخزن وهو صاحب مخيلة واسعة وطموحات كبيرة، وبدأ يتبختر ويردد أنا ملك، وأنا صاحب هذا المخزن، وكل هذه المقاعد لي ،

وسأجلس حيث يحلو لي، وبدأ يلعب ثم قال عماد:

سوف اختار أجمل وأحسن مقعد في المخزن كله

وفجأة سمع أحدا يناديه:

أيها الولد، أيها الولد، خذني أنا أرجوك

فبدأ يبحث عن مصدر الصوت فإذا به يقول له:

أنا الكرسي الذي وراءك، التفت عماد وراءه فوجد كرسي قديم ومتكسر ومحطم قد لا يصلح للجلوس.

فقال عماد: (وهو في حالة تعجب وذهول)

كرسي يتكلم

قال الكرسي:

لا تتعجب، اخترني وبعدها أحكي لك عن نفسي.

فضحك عماد وقال:

ألا تكفيني ملابسي المرقعة، فأختار كرسي يثير
السخرية

فقال له الكرسي: لا.. لا تحكم عليا من مظهري،

فأنت لا تعرفني جيدا ......

ألست أنت صاحب هذا الكلام

قال عماد:

بلى، ولكن زملائي ....

قال الكرسي:

لا داعي للخجل من مظهر الإنسان ولا الأشياء
فلا تكن متسرعا وتصدر الأحكام،

قال عماد:

حسنا لنرى ما تخبئه أيها الكرسي العجوز، ولكن يجب أن نسرع ،فقد بدأت الحصة وسيوبخني المعلم لأني تأخرت، وأخذ الكرسي وذهب إلى القسم مسرعا ومع دخوله بدأ كل الأولاد بالضحك، فأسكتهم المعلم وسأل عماد:

ألم تجد كرسيا آخر؟

فقال عماد:

بلى، يا سيدي ولكني خفت أن تفوتني الحصة، فأخذت أول كرسي جاء في طريقي، وجلس عماد وهو يضحك ،وأصدقائه يعتقدون أنه يضحك معهم عن نفسه ،ولكنه كان يضحك مع الكرسي السحري.

وبدأت حصة التاريخ والدرس عن الثورة الجزائرية، وأول ما ذكر المعلم التاريخ وجد نفسه عماد الدين في وسط الأحداث ، فإذا بالكرسي نقله إلى زمان ومكان الأحداث، فشاهد عماد الدين الأحداث بعينه وتعرف على المجاهدين وأسمائهم وأدوارهم في الجهاد.

ولاحظ عماد الدين شجاعتهم وإصرارهم وعزمهم على تحقيق العدالة وأخذ الحرية ،رغم ظروفهم القاسية، فلم يمنعهم لا الفقر، ولا الجوع، ولا البرد، ولا عددهم

القليل، ولعدم توفر الأسلحة الكافية عن الجهاد وأخذ الحرية من بين مخالب العدو المستعمر، فكم من فئة قليلة غلبت فئة كبيرة.

وأخذ عماد الدين من هذه الرحلة العبر والحكم من درس التاريخ هذا عن الثورة الجزائرية الذي عاش كل تفاصيله كأنها حقيقة أمامه بفضل الكرسي السحري، وعزم على تحقيق أحلامه وتحقيقه النجاح هو الآخر، وذلك بعد أن تيقن أن النجاح هو الإصرار على العمل، والعمل المجد.

فالإنسان غير مسئول عن الظروف التي وجد فيها، ولكنه مسئول عن تصرفاته وأخلاقه وهو من يحقق أحلامه وأصبح أكثر عزما من الأول وأكثر نشاطا وحيوية.

وحقيقة الكرسي السحري أن عماد الدين صاحب مخيلة واسعة فكان يتخيل أن محيطه كله صديق له،

يصادق من حوله ويعامل الناس والأشياء برفق وهو
تلميذ منتبه للدروس ويتلقاها بطريقته الخاصة والتي
يمكننا أن نسميها طريقة عماد الدين السحرية.

الازدواجية

سمير مراهق يبلغ من العمر حوالي ستة عشر سنة،
طويل القامة، أسمر البشرة، أجعد الشعر، حاد الطباع،
عيناه بنيتان، هو الولد الوحيد لعائلة متوسطة الحال،
والده موظف ووالدته ربة بيت.

نفسيا سمير غير مستقر، يعاني من حالات من
النسيان، منعزل و ليس له الكثير من الأصدقاء في
أغلب الأحيان لا يحب الدراسة، فقد حدثت له حادثة
أليمة منذ سنوات في المدرسة.

فقد كان طفل هادئا وضعيف الشخصية، يتعرض للإهانات والضرب من طرف زملائه، ولم يكن يحميه من هذه المشاكل إلا صديقه المفضل الشجاع فؤاد الذي كان بالنسبة له الدرع والحماية والأمان.

وفي يوم دراسي وبينما كانا الصديقان خارجان من المدرسة تعرضا لحادث سير فصدمت فؤاد سيارة بينما كان يحاول حماية سمير وتوفى فؤاد في هذه الحادثة على الفور ولكن سمير دخل في غيبوبة لمدة شهر.

وعندما استيقظ لم يتذكر الحادث ولا تفاصيله، ومنذ ذلك الحين وهو يعاني من حالات مزاجية متقلبة، وحالات عصبية متناوبة، فهو في بعض الأحيان ضعيف هادي، وأحيانا أخرى القوي المشاغب الذي لا يحب الدراسة.

ولهذه الظروف ابتعد عنه الأطفال وأصبح بلا إلا نجاة وابن خالتها رضا اللذان يعرفان ما حدث له ويستوعبان وضعه المؤسف فهما صديقيه الحميمين الوحيدين اللذان تأقلما مع حالته النفسية والعصبية.

نجاة فتاة جميلة مشاغبة ،بيضاء البشرة وشقراء ،عيناها بنيتان، شعرها قصير، هادئة أحيانا ومتقلبة المزاج أحيانا أخرى، وتصرفاتها غير متوقعة،

وهي جارة سمير وصديقته منذ الطفولة تعتبره كأخ لها، يساعدها ويساندها، ولا يتأخر عليها إن طلبت المساعدة وهي من عائلة طيبة وحالتها الاجتماعية متوسطة تملك ثلاثة إخوة أولاد وأختان وهي البنت الكبرى في عائلتها.

وابن خالتها رضا وهو فتى هادئ، صاحب أخلاق عالية مؤدب، قليل الكلام وقليل الحركة، شعره بني وبشرته فاتحة اللون من عائلة غنية نوعا ما ،يحب الدراسة ويحب أصدقائه.

في يوم من الأيام يجتمع الأصدقاء الثلاثة ويحدث بينهم سوء فهم ومشاجرة مع أن رضا ونجاة هما من يستطيعان تحمل تصرفات سمير الغريبة وعادة ما يتحملون مزاحه الثقيل إلا أن سمير يتشاجر معهما،

وفي هذه المشاجرة تقوم نجاة بفعل سيئ، مما يؤدي
إلى حادثة أليمة وتنتهي بهم في المستشفى.

المشهد 001

نهاري / خارجي (في الحديقة)

سمير و رضا في الحديقة العامة يجلسان على كرسي خشبي وسط الأشجار، يشربان العصير، رضا يستمتع بالجو وأشعة الشمس وزقزقة العصافير، بينما يحس سمير بالتوتر والقلق، ومنزعج من تأخر نجاة التي هما في أنظارها وعادة ما تتأخر في مواعيدها.

يتأفف ولا يستطيع الجلوس لانتظارها، فتصل نجاة بعد برهة من الزمن فتجد سمير في حالة غضب بينما

رضا غير مهتم بالموضوع بل يستمتع بشرب
العصير.

سمير:

لقد تأخرت مجددا يا نجاة، لماذا لا تلتزمين بالمواعيد
أو تضبطي منبهك، تعرفين أنني لا أحب الانتظار.

نجاة:

مرحبا ، لماذا كل هذا التذمر، ها قد عدت إلى
تصرفاتك الغريبة مرة أخرى يا سمير .أليس كذلك يا
رضا.

رضا:

لا تنزعجي منه يا نجاة، ولا تأخذي كلامه على محمل
الجد، فربما هو يمازحك.

سمير:

آه .. تعلمون أنني اكره حينما تكلمانني بهذه الطريقة.

نجاة:

المهم أين هو موضوع البحث الميداني الذي سلمته لك بالأمس يا سمير.

سمير:

لا غير صحيح، أنا لم آخذ منك الموضوع ، بل ولم أرك البارحة بتاتا.

رضا:

كيف ذلك وقد رأيتكما البارحة قرب البناية تتكلمان، وأنت تحمل بيدك ملفا.

نجاة:

لقد تعبنا فيه كثيرا، فلا تمازحني بموضوع الدراسة والبحث.

سمير:

أقسم لكما أنني لا أتذكر أي شيء من هذا.

نجاة:

هيا إلى بيتكم، لنفتش في غرفتك وبين أغراضك عن الملف، فغدا آخر موعد لتسليمه.

رضا:

هيا بنا فنحن لن نستطيع إعادة البحث كله من جديد ولن يكفينا الوقت.

المشهد 002

نهاري / داخلي (في غرفة سمير)

بيت سمير متواضع، غرفته كبيرة وواسعة، فيها سرير
ونافذة بستائر زرقاء، وعلى الحائط صور حيوانات
وملصقات لأفلام أجنبية وصور ممثلين ورياضيين،
وفي الغرفة خزانة كبيرة وبجانبها مجموعة من
الصناديق والعلب فوق بعضها البعض.

وفي الغرفة أيضا مكتب عليه كمبيوتر وكتب سمير الدراسية وبعض اللعب، وتحت المكتب سله مهملات.

في هذه الغرفة يقوم سمير ونجاة بالبحث عن الملف بين الأغراض وبين الكتب التي فوق المكتب تبحث نجاة، أما سمير فيبحث في العلب والصناديق، بينما يقوم رضا باللعب بالكمبيوتر.

يستمرون بالبحث لمدة، ثم تعثر نجاة على الملف بالصدفة وهو مقطع ومرمى في سلة المهملات، مكتوب عليه جملة مكررة كثيرا وهي (فؤاد لا يحب الدراسة).

فتفاجئوا نجاة وتسأل سمير باستغراب.

نجاة:

لماذا فعلت هذا يا سمير؟ هذا جهدنا وتعبنا.

سمير:

لا لست أنا الفاعل.

رضا:

بلى، فأنت في كل مرة تقوم بفعل سيء وتقوم بإلقاء اللوم على فؤاد.

سمير:

ولكن قد يكون فؤاد هو الفاعل.

أقسم لكما بأنني لا أعلم عن الأمر شيئا.

نجاة:

كفاك مزاحا، لقد سئمنا من هذه اللعبة، هذا أمر جدي وليس مزاحا.

رضا:

سمير فؤاد، فؤاد سمير، لا يمكن أن نفرق بينكما، فأنتما تتشابهان في الشكل وكل شيء، والاختلاف الوحيد بينكما هو أنك هادئ ومسالم، بينما فؤاد عدواني وعصبي.

سمير:

إذا تعلمان أن هذا من أفعال فؤاد، وتصدقانني.

نجاة:

كفاكما مزاحا، لا يمكنني أن أغفر لك هذه المرة، فالأمور قد حرجت عن نطاقها.

أفق يا سمير وواجه الواقع، فؤاد غير موجود فقد مات منذ سنوات في حادث السيارة ألا تتذكر.

فجأة يسقط سمير وقد غاب عن الوعي، وينقل إلى المستشفى.

المشهد 003

نهاري / داخلي (في المستشفى)

في رواق المستشفى أمام غرفة المعاينة التي بها سمير مع الطبيب والممرضة، تجلس والدة سمير قلقة ومتوترة، والد سمير يحاول أن يقوم بتهدئتها مع أنه هو أيضا خائف على ولده الذي نقل إلى المستشفى ولا يعرفون حقيقة حالته المرضية.

في المستشفى أيضا نجاة ورضا فقد جاء مع سيارة الإسعاف، نجاة مضطربة وخائفة من أن تتسبب في

116

موت صديقها العزيز بسبب الملف والبحث ،فهذا السبب القوي أصبح يعتبر تافها أمام خطر فقدان صديقها العزيز، رضا أيضا خائف على حياة رفيقه وصديقة العزيز ونادم على وصولهم إلى هذه الحالة التي يعاني منها صديقهم بسببهما أو بأي سبب كان ،فالصداقة فوق كل اعتبار.

يخرج الطبيب من الغرفة فيسأله الوالد عن حالة ابنه.

الوالد:

ما الأخبار أيها الطبيب؟ هل سمير بخير.

الطبيب:

للأسف إن حالته متأزمة جدا.

لقد أخبرتكم سابقا أن لا تواجهوه بالحقيقة.

الوالد:

لا ، لا ، نحن لم نخبره شيئا.

الطبيب:

للأسف على ما يبدو أن هناك من أخبره بالحقيقة.

لذلك فغننا قد فقدنا سمير.

الوالدة: (تصرخ بأعلى صوتها)

لا، لا ، هل مات ابني؟

نجاة:

أنا السبب لقد أخبرته أن فؤاد ليس موجودا ،كنت خائفة من المدرسة....

الطبيب:

لا ، اهدؤوا من فضلكم.

سمير لم يمت وإنما اختفى مؤقتا.

ولكن للأسف لا نعلم متى سوف نستعيده.

الوالد:

هل سمير بخير؟

الطبيب:

الموجود هنا فؤاد وليس سمير، لقد خاف من أن يمحوه سمير من الوجود عندما واجهتموه بالحقيقة، لذلك ظهر للوجود، ليفرض وجوده ونفسه.

وأعتقد أن الحالة هذه المرة مستعصية جدا لذلك سوف نقوم بحجزه في المستشفى، فظهور الشخصية الثانية إلى الوجود في مرض انفصام الشخصية لا ينبئ بخير، وقد لا نستعيد سمير أبدا.

ألجرينا
وكرة القدم

ألجرينا طفلة كبيرة بل هي فتاة صغيرة

ألجرينا طفلة جزائرية تدرس بالمرحلة الابتدائية وهي
فتاة نشيطة وذكية وتعتبر نفسها رياضية فهي تحب
الرياضة كثيرا ومغرمة بالفريق الوطني لكرة القدم
فهي تتابع كل مبارياته وتشجعه مع أصدقائها وتتقصى
كل إخبار الفريق الوطني.

ولو سألتم ألجرينا عن أعضاء الفريق الوطني
فستجيبكم فهي تعرفهم واحدا واحد.

ولو دخلتم غرفة ألجرينا لدهشتم فغرفتها مزينة بصور الفريق الوطني.

ولو ألقيتم نظرة على خزانة ملابس ألجرينا لوجدتم ملابسها يطغى عليها اللون الأخضر والأبيض والأحمر فهي تختار ملابسها تبعا لألوان العلم الوطني.

كما أنها لا تغفل عن ديكور غرفتها وألوان الستائر وغطاء السرير.

ف جدران غرفة ألجرينا مليئة بصور اللاعبين في ألبسة رياضية مختلفة الألوان وكل لاعب يقف او يجلس بشكل مختلف بل حتى أنها تختار وضعياتهم في الصور فمثلا هناك صورة كبيرة للقائد بوقرة وهو يرمي الكرة بأقصى قوته.

وصورة لفيغولي وهو يقطع الكرة بمهارة عن لاعب خصم.

وهناك صورة أخري لحارس المرمى مبولحي وهو يمسك الكرة بقبضته الذهبية.

ألجرينا فتاة مليئة بالمفاجآت والأعاجيب وخيالها بديع وغريب.

تنشغل ألجرينا أثناء الدراسة وهي تحلم وتفكر في مباراة كرة القدم فمونديال كاس العالم أصبح قريبا وهي تتمنى أن يفوز الفريق الوطني بكل المباريات ليصل إلى النهائيات ويتوج بالكأس.

طبعا إن التفكير والسرحان أثناء الدراسة وفي القسم هو خطا ولكن ألجرينا ذكية وتراجع دروسها باستمرار وتحرز النجاح والتفوق رغم انشغالها بالتشجيع واللعب في اغلب الأوقات لذا فان والدتها لا تمانع.

كما أنها تدعو الله في كل ليلة لكل واحد من الفريق الوطني فتدعو لمبولحي بان يتحصل على القفاز الذهبي وتدعو لبو قرة أن يأخذ الكرة الذهبية وكذلك لسليماني بان يتحصل على الحذاء الذهبي.......

تمتلك ألجرينا الكثير من القبعات والأوشحة التشجيعية بألوان العلم الوطني وتستمر بترتيبها والنظر إليها وتجربتها ففي كل مباراة ترتدي ملابس وزي خاص بالتشجيع.

وهي تجتمع باستمرار في بيتها مع صديقاتها روان، ملاك وأحلام وأخوها رياض وابن عمها إيهاب ألجرينا تحب الخضر بشكل كبير وتتابعهم على كل مواقعهم وصفحاتهم على مواقع التواصل الاجتماعي وترسل لهم تحياتها وصورا تلتقطها من اجلهم.

تقوم ألجرينا بتسجيل كل مباريات كرة القدم في كأس إفريقيا ومونديال كاس العالم وذلك لأنها العام الماضي قامت بمجهود كبير في الدراسة وتفوقت على كل زملائها فحقق لها والدها الأمنية التي تتمناها وكانت

127

أنها تريد جهاز فيديو وتسجيل ومنذ ذلك الحين وهي تقوم بتسجيل المباريات لتشاهدها في نهاية الأسبوع أو في العطل والإجازات.

إن حب الفتاة ألجرينا ليس بالشيء الغريب فقد يكون حب وراثي فوالدها من اشد المعجبين والمشجعين لكرة القدم والفريق الوطني ومنذ صغرها.

فقد كان والدها يشتري لها ألبسة وطنية مختلفة ويطلب من والدتها أن تلبسها أجمل الأزياء التشجيعية، وكان يأخذها معه عندما يفوز الفريق في مباراة ما ليحتفل مع زملائه.

لقد جهزت ألجرينا غرفة الجلوس وأحضرت الأطايب والعصائر لأنه الليلة الساعة الثامنة هناك مباراة كرة القدم في مونديال كاس العالم يواجه فيها الفريق الوطني مع منتخب ....روسيا..... وقد عزمت ألجرينا صديقاتها للمبيت عندهم ليشاهدوا المباراة سويا كما أن رياض وإيهاب سوف يشاركونهم الفرجة.

أما والدتها فقد أعدت العشاء مبكرا لكي تتفرغ للمباراة أما والدها فقد جاءه صديقاه العم احمد والعم طاهر ليتفرجوا في غرفة الصالة.

فوالدها متعود على مشاهدة المباراة مع زملائه في العمل أو أصدقائه أو جيرانه.

لأنه وكما يقول بصفة فكاهية أن الأولاد شديدي الفوضى أثناء مشاهدة كرة القدم فلا يستطيع التركيز مع تعليقاتهم.

بينما لا تعترض والدة ألجرينا على مشاركة الأطفال مشاهدة التلفزيون.

وها قد بدأت المباراة ولا يكف الأولاد على توقع الأهداف وتشجيع كل لاعب تكون الكرة بحوزته.........

....

............في حين أن البنات يواصلن الصراخ كلما تقدم مهاجم خصم إلى مرمى الجدار الحديدي مبولحي وحين تكون اللقطة حازمة يغمضن أعينهن...

أما إذا انطلق المهاجم فيغولي أو قرر القناص الجزائري إسلام سليماني التسديد باتجاه مرمى الخصم

تحمست الفتيات وتمنين لو يساعدنهم على التسديد ....

أما ألجرينا فإنها تأمرهم بالصمت والهدوء أن توجهت الكرة إلى القائد بوقرة فهي تركز على التلفزيون ولا تريد مقاطعة.

أما في مباراة اليوم فان نظرها مرتكز ومتوجه نحو رفيق حليش الذي يتولى القيادة لغياب القائد بوقرة والذي دخل في مكانه سعيد بلكالم وهي تشجع حليش وتهتف له هيا يا حليش تدع الفرحه في قلوبنا تعيش كأنها عصفور فرح بنمو الريش هيا يا حليش في حب الوطن نحن نعيش.

تألق جمال مصباح في يسار الدفاع في بداية المباراة وهو يرسل الكرة ويستقبلهما من يمين الدفاع عيسى ماندي ما أجمل تلك التمريرات مع ثنائي محور الدفاع.

الجميع يتابعون المباراة بعيون مترقبة وقلوب تخفق مع رفرفة العلم وتشتت الانتباه عندما أصيب سفيان فيغولي وصدم الجميع.

عندما قام اللاعب رقم تسعة المهاجم الكسندر كوكورين بتسجيل هدف براسية في شباك المنتخب الوطني انزعجت الفتيات والأولاد، ولكنهم لم يفقدوا الأمل بل واصلوا التشجيع ومع انتهاء الشوط الأول.

سارعت ألجرينا إلى سجادة الصلاة لتصلي ركعتين وتدعوا الله لتوفيق الفريق الوطني وتقويتهم على الفريق الخصم.

وبعدما رجعنا إلى الشوط الثاني رجع الجميع من اللاعبين والمشجعين بنفسية جديدة ومعنويات مرتفعة.

وفي الدقيقة 59:23 وبفضل التمريرة الذهبية للكرة من طرف ياسين براهيمي يقوم إسلام سليمان بتسديد الكرة براسية ماسية تحقق الهدف العاجي الذي يحقق التعادل ويؤهل المنتخب الوطني للفوز على الفريق الروسي وكسر الحاجز الدفاعي للحارس الماهر الروسي.

خر الجميع سجدا لشكر الله ولحمده على فضله سبحانه وتعالى.

عمت الفرحة الملعب وكل البيوت والمنازل الجزائرية ورفرف العلم الجزائري وتعالت الزغاريد من كل أنحاء الوطن وعلت في أرجاء الفضاء لتعلم الناس بفرحة الجزائر وانتصارها على الدب الروسي.

فثعالب الصحراء يستطيعون ويبذلون جهدهم لتحقيق النصر وبث الفرحة في قلب كل صغير وكبير يتشرف بانتسابه وانتمائه لهذا الوطن العزيز.

وبعد نصف ساعة والأعصاب مشدودة والجميع
يدعون للمحافظة على التعادل أو الفوز بهدف جديد
وهذا ما سعى له حليش بكل جهده ورايس مبولحي
يحاول بكل جهده وقوته للدفاع عن مرماه أو مرمانا
كلنا مبولحي ومبولحي هو نحن جميعا.

إسلام يريد إضافة الهدف الثاني

وبعد محاولات متكررة لعيسى ماندي وياسين براهيمي
وكارل مجاني ونبيل بن طالب فقد حاول عبد المومن

جابو تسجيل هدف آخر لكن حارس المرمى لم يتح الفرصة.

وبلكالم يقطع الكرات قبل وصولها إلى المرمي يا له من دفاع يا بلكالم.

وفي الدقيقة 70:11 يتبادل ياسين براهيمي مع حسان يبده لقد تعب ياسين على المجهود الجبار الذي قام به هيا يا حسان هل من أهداف هيا هيا يا حسان ....نفذت حيل الدب الروسي فمع الفريق الوطني الجزائري لم تعد تنفعه لا كرات التماس ولا الركنيات.

رائع يا سفيان وأنت تتقدم كالسيل الجارف نحو المرمى الروسي رغم الإصابة والضمادة التي على راسك فكأنك أمير ومتوج بتاج النصر.

وكذلك نبيل غلاس فقد تميز بدخوله مكان جابو أما إسلام فانه يواصل اللعب بكل براعة وإصرار رغم إصابته أثناء اللعب واصطدامه بلاعب روسي.

إنه رغم كل التغيرات في التشكيلة الروسية إلا أن حظهم لم يتغير في مواجهة ثعالب الصحراء فلم تؤدي دورها كل التهليلات التي يسمعونها من الدرجات ولا ما يصدره المشجعون الروسيون من إطراء.

هاهو هلال سوداني يطل كهلال رمضان أو هلال العيد ينشر الفرحة والنور يوزع البهجة والسرور على كل فرد من الجمهور.

ألجرينا وصديقاتها روان ملاك وأحلام يواصلن التشجيع والتهليل هيا يا هلال هاجم يا هلال

وان تو ثري فيفا لالجيري هيا هيا هيا تقدموا هيا

يا ثعالب الصحراء في المدن والبيداء

ثعالب الصحراء يبيدوا الأعداء

ويرموا بالضعف في البر والعراء

ويسحقوا الهزيمة ويشرفوا الخضراء

ضفروا بالنصر ثعالب الصحراء

يستقبلهم الشعب بالشكر والثناء

والحب والرضا والهتاف والإطراء

ويظهروا العرفان بالمدح و الغناء

ثعالب الصحراء أبطال الخضراء

وان تو ثري فيفا لالجيري

تدق الدقيقة الرابعة 4:00 من الوقت الإضافي وتعلو صفارة حكم المباراة الحكم التركي معلنا بها فوز الخضر وتأهلهم إلى الدور الثمن نهائي من مباريات كاس العالم وتعالت أصوات المشجعين.

وقفز مدرب الفريق الوطني الناخب الوطني خاليلوزيتش من شدة الفرحة وهو يتبادل التهاني مع اللاعبين الذين يزينون مقاعد الاحتياطي وقلوبهم مع باقي الفريق الوطني.

والجمهور يحمد الله ويشكر فضله ونعمته

أما ألجرينا فهي تعانق والدتها من شدة الفرح وسارعت إلى والدها لتهنئه.

ووالدها بدوره خرج إلى الشارع وشغل السيارة ليأخذ العائلة الكريمة في جولة في شوارع المدينة للاحتفال مع كل مواطن يعتز بفوز بلده وتأهل المنتخب ورفرفة العلم الوطني العربي الوحيد في كاس العالم ليدخل الخضر إلى مدونة التاريخ من أوسع أبوابه ويعيدوا مجد الجزائر إلى سابق عهده.

ليذكو الأجيال الصغيرة بسنة 1982 حين دخل المنتخب الجزائري في دوريات كاس العالم.

وهو كان ومازال الممثل الوحيد للعرب في كاس العالم لكرة القدم رغم كل الصعوبات وكل محاولات الغير لتحويل هذه النتيجة فلن يجدوا لنا حلا.

نحن أولاد الخضراء وحماتها الأعزاء.

وفي السيارة كان رياض و......يرددان
من جبالنا طلع صوت الأحرار يناديـــنا

للاستقلال

ينادينا للاستقلال لاستقلال

وطننا

تضحيتنا للوطن خير من

الحياة

أضحي بحياتي وبمالي

عليك

يا بلادي يا بلادي أنا لا أهوى

سواك

قد سلا الدنيا فؤادي وتفانى في

هواك

وبعد تجوالهم في أنحاء المدينة كباقي الجيران والأهل والمواطنين عادوا إلى البيت والاحتفال لا زال قائما بأصوات الزغاريد وأجمل الألحان والأغاني.

وقامت والدة ألجرينا بتحضير قالب حلوى للاحتفال بالمناسبة السعيدة.

منى ليزا
والإمارات

منى وليزا فتاتان في مقتبل العمر،صديقتان حميمتان رغم بعد المسافة بينهما فهما لم تلتقيان إلا مرة واحدة خلال صداقتهما التي مر عليها سبع سنوات خلال إجازة الصيف إذ جاءت ليزا إلى الجزائر لتقضي العطلة بعد دعوة منى لها.

فمنى فتاة جزائرية وليزا فتاة أوربية ايطالية ،منى تدرس في الجامعة وهوايتها الرسم ،وليزا فنانة تشكيلية.

منى وليزا دائما على اتصال على الإنترنت أو على الهاتف، وكل منهما تتابع أعمال الأخرى وتبدي آراءها على لوحاتها.

وفي يوم من الأيام قررتا أن تقوما معا برحلة إلى الإمارات لما يتميز به هذا البلد من مناطق سياحية وفنادق راقية وشواطئ ومفاجآت في الصيف وتنوع النشاطات، وتقدمان معرض في هذه الدولة الساهرة الباهرة.

هذه الدولة المعطاءة المقدامة، المتنوعة الفنون والمجالات، جامعة الشخصيات والجنسيات.

أم الغريب كما القريب، فقررتا أن تحضر كل منهما أجمل وأبدع لوحاتهما عن الإمارات وتراثها أصالتها والمناطق الأثرية والسياحية..

ومع اقتراب رحلتهما خطرت ببال منى فكرة وهي أن تقوما معا برسم لوحة مشتركة لتكون عروس العرض، مفاجأة عرضهما وهذه اللوحة عن دبي، لتعبرا عن

إعجابهما بهذه الإمارة جوهرة الإمارات، وللتعبير عن إعجابهما بكل المناطق السياحية وتقديرهما للناس المضيافين وللأكلات الشعبية والتقليدية.

أطلقتا على لوحتهما:

منى، ليزا و جوهرة الإمارات دبي.

فقامتا بالرحلة ونجح معرضهما وشجعتا الناس من كل الجنسيات على زيارة الإمارات والتمتع بالمناظر الخلابة وزيارة المناطق الأثرية والتعرف على معالمها السياحية و التمتع بالمنتجعات والراحة و الاسترخاء والتسوق والتجول في المولات والإقامة المريحة في الفنادق الراقية.

Sommaire

www.ingramcontent.com/pod-product-compliance
Lightning Source LLC
Chambersburg PA
CBHW022002150726
47990CB00002B/557